餘韻

강신덕 시집

초판 발행 2017년 11월 10일
지은이 강신덕
펴낸이 안창현 **펴낸곳** 코드미디어
북 디자인 Micky Ahn
교정 교열 백이랑
등록 2001년 3월 7일
등록번호 제 25100-2001-5호
주소 서울시 은평구 갈현로 318-1 1층
전화 02-6326-1402 **팩스** 02-388-1302
전자우편 codmedia@codmedia.com

ISBN 979-11-86104-69-9 03810

정가 10,000원

여 운

강신덕 시집

Gang Sin Deok

용솟음치는 박동 소리 들으며
끓어오르는 욕망 분출시킬 힘
표현할 기력조차 찾지 못하던
세월의 흔적들 찾고 또 찾으며
살피고 생각하고
다시 다듬고 용기를 내어도
부끄러움은 감출 수 없습니다.
용기를 주시고 글 쓰는 길
인도해 주신 선생님들과
항상 옆에서 응원 아끼지 않는 남편,
아들, 딸들 내외와 막내딸 그리고 손자녀
가족들에게 감사드립니다.

강신덕

contents

01 ——— 달려온 새벽 ———

시심의 갈망 ———— 02

contents

웃어 반김은 ———— 04

contents

05 ──────── 빅토리아섬 ────────

가슴에 뜨는 환한 달 있어 바라보는데
아쉬운 날은 저만치 저물어간다.

1

달려온 새벽

숨 가쁜 시간들

서리 내린 풀밭 엉성한데

소나무 껍질 되어 흘러내리는데

'소리 단절'이라며 윙, 윙 울리는데

크윽, 큭
어디랄 곳 없이 시리고 아픈데

노을 먼 듯 가깝게
지평선이 손짓하는데

한 줌 흙,
흙으로 돌아갈 숨 가쁜 시간들
말없이 가고 있는데

활짝 웃고 싶은데

달려온 새벽

밤이 올 즈음
오른쪽 벽을 향해 누워
베개를 끌어당기고
왼쪽 무릎 굽혀 살포시 끌어안으면

자장가인 듯

보고 싶은 얼굴
나누고 싶은 이야기들
간데없고

달려온 새벽 아침을 깨우는
먼 풍경소리

유리컵 작은 잎

유리컵 맑은 물속
사랑 한 조각

연두 두어 잎 너른 바다로 던져지듯
포물선 그어 내려앉는다.

환한 햇살 다가와 아침을 노래하면
엄마의 품인 양 포근히 안겨

미세의 진동 하루를 깨우고
추스르는 맑은 빛의 율동 살며시 고개 든다.

사철 여린 잎들 기다림인 듯 촉 세운
병아리 부리 새순 앳된 미소 하나

낯선 나

누렇게 바랜 사진 한 장

세월 두께 70여 년
두루마리로 감겨 있다

앳된 얼굴 눈망울들
엄마 무릎 위의 내가
지금의 나를 바라본다.

고향 집

앞대문 들어서면
오른쪽엔 푸른 잎 무성한
커다란 오동나무 서 있고
왼쪽 닭장을 지나,
광이 있는데

할아버지 때때로
뛰노는 아이들 불러
조청 강정을 주시곤 했다

너른 광속엔
크고 작은 함지박, 소쿠리,
낫과 호미 쇠스랑 걸려있고
단지들 줄지어 서 있다.
눈독 들인 조청 단지엔
달콤한 엿이 가득하고
윤기로 반질반질,
숟갈 꾸우욱! 힘껏 눌렀다.

들어간 숟가락은 아무리 당겨도

나오지 않고,
두려움에 떨며 들앉은 나는
엉엉 소리쳐 울고 말았다.

한 모금

우직한 컵 속에
맴도는
뭉게구름
향긋한 커피 향

눈 지그시
한 모금은
첫사랑 입술

꿈도 향수도
그 속에 녹아 다시 피어난다.

정월

호호
대보름
휘영청 밝은 달님
앞산 위에 올랐다.

쥐불놀이
소원 빌던
어린 시절

북한산
울어 새던
여우 소리 아련하다

그리움

밤새워 소리 없이 봄비 촉촉한데
아침 햇살 반짝 꽃봉오리 터뜨렸다

춥던 겨울 멀리 가고
산들바람 불어와
아지랑이 곱게 피어나는
맑고 파란 하늘 위엔
하얀 뭉게구름 떠 있다

종달새 울고
졸졸 물 흐르는 소리에
고사리손 만들어 물 한 모금 마시고
하늘 올려다보는데

하얀 목련 활짝 웃는다
가슴 설레게 하는
그리움 온몸으로 스며들고
눈물 촉촉하다

취하고 싶다

천지가 꽃으로 무르익은 봄날
마음 바람에 날리듯
향기와 홀씨의 춤사위에 취하여
사랑스럽다.

봄볕에 실리는 추억
바람으로 다가와 마음 노크 하고
알 수 없는 시간 속에 웃고 울던
아픔들도 행복으로 다가온다.

희끗희끗 머리카락 질서 없이 흩날려도
옛 생각 한없이 설레어
소녀처럼 취하고 싶어진다.

스치던 인연 궁금해지고
나뭇가지 새순, 무성한 잡풀 속
그 옛날 백마 타고 왔다가
스쳐 가버린 그 임을 꿈꾸듯
네 잎 클로버 풀잎 찾고 있다.

여린 꽃잎

떨어지는 꽃잎 하나에 가슴 뭉클
출렁이는 바닷물 푸르고
바닷물 너른 수평선 위로
쓸쓸히 갈매기 날고 있다.

흩날리는 벚꽃 하늘하늘
스치는 바람결에 흩날려 우수수
마음 조이게 하는 메아리
울리고 또 울리는
에밀레종의 울음소리인 양
마음 녹아내린다.

공허의 고요 속 실낱같은 바람에도
피는 듯 떨어져 추락의 아픔 안아야 하는
여린 꽃잎의 낙하는
차디찬 가슴 할퀴듯 쓰리고 아프다.

산책길

탄천 시원한 바람 환한 햇살
아침 산책길이 가볍다.

갈대숲 바람에 흔들리고
엉겅퀴 씀바귀 잡풀 무성한데

푸른 잎사귀, 새순 속에
나팔꽃 두어 송이
햇살 받아 활짝 피었다.

아침이슬에 촉촉이 젖어
웃어 반기는 나팔꽃
동심 불러 붉은 마음
보라 잎에 입 맞추고
콧노래 불러 본다

옛 추억이 절로 꽃잎에 달리고
그리움도 절로 이슬 따라 반짝이면
가슴에 환희, 사랑의 샘물 된다.

멋진 하모니

아침이면 창문 향해
부리 세워 딱 따 닥, 딱 따 닥
짝 찾는 새 한 마리
애원하듯 찾아든다.

하얀 배꽃 눈으로 내리고
파란 새싹 잔디엔
따사로운 햇살 가득하다.

양지에 앉아 고향 하늘 보며
애간장 태우다 지쳐갈 즈음
얼룩진 편지 한 장에
목메이던 시절 아스라한데

연둣빛 새싹 가지 위엔
암수별 새들이 앉아
둘만의 사연 풀어가듯
부리 마주 반가움이 가득하다.

새날 맞은 둘만의

멋진 하모니 들으며
그리움에 눈물이 난다.

비 소리

억수의 홍수 다급한 어른들의 아우성
호루라기 종소리 칠흑의 밤
잠 깨어 부르르 떨며
다시 이불 속으로 숨던 어린 시절

학교 정문 앞 작은 도랑
가늠조차 할 수 없는 홍수로
물바다 되던 날,
떠내려가는 신발 한 짝에 그만
몸까지 휘청, 소용돌이로 사라지고

쏟아지던 비 멀리
하늘 개어 파래졌지만

무섭도록 울부짖고 혼마저 잃은 듯
부르고 또 부르며, 헤매어 찾아도
간데없던 어린 소녀
먼 강가 하류에 둥둥 떠 있더란 소식,

해가 가고, 달이 가도 잊을 수 없어 목메어 부르며

망부석 되고, 흐느끼길 하세월
넋마저 빠져버린 아버지의 애절한 사랑,

빗줄기 앞에 문득
숙연한 마음
가슴 아려 눈물 고였다.

무지갯빛

녹색 잎 가득 세월 아우르고 서서
수호신으로 마을 지키는 아름드리나무
우람하고 웅장하여 보는 마음
절로 숙연해진다

뜨거운 여름 햇살 몸으로 삭이고
그늘 쉼터에 바람 불러 모아
여름 농부의 땀 시원히 날려
피곤한 오후 갈증도 가시게 한다.

갈색 노을엔 잎들의 카펫
아름다운 춤사위 만들어 주고
청 빛 지평선 너머로 하얀 뭉게구름
황홀의 무지갯빛 비칠 때면
스미는 바람 안고 황금빛 나래로
하루해, 가을이 무루 익는다.

나직이 떨어진 잎들 모아
황토길 기름진 옥토 만들며
가는 세월 아쉬워 하지만

또 다른 새들의 안식처
긴 겨울 하루가 포근히 잠든다.

마을 큰 지킴이의 하루는
사철 속으로 삭히는 아픔이다.

외로운 외기러기

갈대숲 따라 길게 펼쳐진 물줄기
그곳 못 잊어 은빛 나래 회항을 한다.

사뿐히 살얼음 밟고 한 발 한 발
생각에 잠기듯 나래 접으며
하늘 흰 구름 위로 그대 그림자 살핀다.

삭풍에도 숨죽인 발자국
배고파 지치고, 사랑에 지쳐도
외발에 몸 신고 쓸쓸히 기다려 보지만
그대는 오지 않고,
아픈 마음 달래며
코끝 죽지에 묻는다.

햇살에 반짝이는 살얼음 속으로
물결 살랑이면 긴 부리
바람결 낚듯 순간을 다투고
부리에 묻어온 작은 물고기 몸부림 쳐도
긴 목 곧게 도도히 하늘을 본다.

맑은 창공 향해 부리세우고
한결 부드러운 자태
나래 펴며 두 발 곧게 뒤로 뻗고

외로운 외기러기
힘차게 비상한다.

가을 길

아름드리나무 높이 솟아 하늘 맞닿을 듯
드문, 드문 하늘빛 보이는 전나무 숲길
부드러운 낙엽 밟으며
산사로 오르는 길 열려있다

포근하게 감싸주는 싱그러운 내음
그윽한 풍경 소리
스님의 목탁 소리 함께 생각에 잠긴다.

산사엔 환한 햇살 사뿐히 내리고
빨간 잠자리 빙글빙글
팔각 구층 석탑, 탑돌이 우리네 마음
훔쳐보려는 듯
높고 낮게 하늘 난다.

조용한 산자락에 누워 맑은 물소리 들으며
천년만년 살며 하늘 이불 삼고 싶은
높고 너른 가을을 안겨주는 포근한 쉼터

어머니의 품 같은 산사에 앉아

하얀 솜털 구름, 양떼구름
바람에 흘러가는 구름 올려보니
가을 가는 아쉬움과
다시 찾을 수 없을 것 같은
몸의 한기 속에서도

가슴에 뜨는 환한 달 있어 바라보는데
아쉬운 날은 저만치 저물어간다.

맑은 생각 담아 곱게 삭히고
다시 곰삭힌 별 중 별 되어
반짝반짝 빛난다.

2

시심의 갈망

마지막 잎사귀

용광로의 불꽃
활활 타오르던 청춘

스러져 가는 한 가닥 불씨만을
가슴에 묻고 묻으며

앙상히 말라 버린 가지 끝에
마지막 잎사귀로
떨고 있다

하얀 밤 신음 소리 위로
한 줄기 달빛
살며시 위로의 손길 되어
어루만질 뿐

노닐던 바람마저
가버린
엷은 그림자

내 고향

햇살 가득 출렁이던 강물 꽁꽁 겨울이 오면
스케이트 족들 링 위로 물 흐르듯 돌고 또 돌고

강태공 낚싯대 드리우고
월척 낚으려 명상에 잠긴다.

칼바람 아랑곳 않고
썰매, 미끄럼 타는 어린 것들도
지칠 줄 모르고

강변엔
얼음 톱질, 분주한 손놀림이다

달구지 강 건너며
댕그랑 댕그랑
한가롭고 평화롭던 모습들

팔베개로 파란 하늘은 흐르는 눈물 되고
눈물 모여 능라도 내 고향 대동강 된다.

홀로 서서

텃밭 한구석
신다 버린 헌신짝처럼
밟힌 듯 일그러진 토기
장인의 마음 아랑곳 않고
탄생의 순간 추락하며
조롱의 시선 모았다.

깨진 한 조각의 꿈
뽀얀 황사 뒤집어쓰고
회오리에 날려 온
홀씨 끌어안고 잉태의 기쁨
작은 잎 하나를 키운다

어쩌다 소나기 지나면
나른했던 잎사귀 보란 듯
생기 돋우고 서서
담길 만치의 물만으로
삶을 가꾼다.

모자란 듯 욕심 없는 그릇

간혹 "쨍그랑" 흔들릴 뿐
아무 일도 아니었다는 듯
노을에 졸고 있다.

끝 아닌 시작으로

곱게 물든 단풍
정열의 황금빛
온 산 춤추듯 출렁인다.

반짝반짝 별빛 되어
가슴 설레게 하는 황홀의 나뭇잎

뜨거운 햇살과 몰아치는
폭풍우에 시달려도,
휘어지고 꺾기는 아픔
인내하며 이겨낸 결실
오색 빛 단풍이다

인고의 세월
고운 잎 모두 떨어뜨리고
모진 눈보라에 지친 시간들

봄 햇살에 활짝 웃는
연둣빛 새순의 반짝임
화사한 꽃들은

세상 이어갈 또 다른
시작을 꿈꾼다.

빛나는 별이다

아가의 얼굴 어질고 까만 눈동자
깊은 호수되고 잔잔한 물결 된다.

맑은 생각 담아 곱게 삭히고
다시 곰삭힌 별 중 별 되어
반짝반짝 빛난다.

너른 우주 속에서
세상 향한 큰 빛 영원을 노래하는
깊고 오묘한 빛으로 분출되는
그것은
언제나 너의 광원
빛나는 별이다

새벽 닭

봄비 투득, 투득
어둠 속 창문 두드리는 소리
차갑고 서글프다

두부 장수
새벽 깨우는 소리
"땡강땡강"
잊혀진 지 오래고

메밀묵 찹쌀떡 장수
"메밀 무 욱, 찹 싸 알 떠 억"
추운 겨울밤 울려 퍼지던
구성진 멜로디도 사라져 버렸다

멀리서 꼬끼오- 새벽 닭
우는 소리마저
추억 속으로 깊어지는

비 오는 차가운 밤
아련한 그리움 인다

돌 틈 소나무

망망대해 바라보며 홀로 선
소나무 한 그루

청빛 깊은 바다와
은빛 물결 헤치고 넘나드는
숱한 사연의 물새갈매기
바다 속, 살아 생동하는
온갖 미물의 소리까지 음미한다.

바람에 날리고 파도에 쓸리다
억겁의 연으로
돌 틈 기댄 홀씨 하나

하얀 눈 이불 삼아
엄마 품에 포근히 잠 잔 아기
기지개 펴고
흔들리기도 때론 뽑히기도
하루, 하루 곧은 마음
몰아치는 풍랑
햇살 따가운 여름

숱한 세월의 역경 이겨 빛을 발하며

당당히 근엄한 절개 우뚝 솟아
넓은 바다 하늘 우러르는
사철 푸르른 소나무

새날 밝혀 주는

모두가 잠들어 있는 시각
붉게 떠오르던 해님
힘겨운 듯 주춤거린다

세상사 어지러움에
노여운 듯 출렁이는 바다
파도가 밀려온다.
물감 풀어 붉던 하늘
검은 구름 안고
한 차례 장대비 쏟고
멀리 가버렸다

해 반짝
해님 물속 박차는 소리
새날 향해
하늘 솟아 환한 빛이다

요동의 순간 사라지고
평화로움 내려앉는 시간처럼

시끄러웠던 세상 갔으니
밝고 깨끗한 새날 밝혀지길
기다려 본다.

서글픈 생각

전철 안 맞은편 좌석
앉으라는 손짓에
웃으며 목인사로 다가가자
반기듯 자리를 배려하며

"건강하십시오."
"안녕히 가세요."

활짝 웃으며 알고 있었다는 듯
꾸벅, 열린 문으로
황급히 사라져 버린 노인

순간적 모습에 당황하며
곰곰이 낯익은 모습을
머리에 그려 보았다

반갑게 반겼어야 했는데
사라진 방향을 향해
허하고 미안하고 부끄럽고

더듬어 생각해도 희미한 기억력의

나를 발견했을 뿐

서글픔만 가득하다

손가락 다섯

아가의 꿈 무럭무럭
하늘로 솟는다.

새날 맞은 떡국 한 그릇
다섯 손가락 활짝
둥근 해님 되고

새침이
배꼽 인사, 언니 됐다며
손가락 살짝 펴고
반달 미소 쌩끗

몽실몽실
초롱초롱
눈빛 반짝

삼백육십오일 너희들의 날
맑고 둥근 해님 되고
파란 하늘 고운 초승달 된다.

아카시 향기

아카시 꽃 회어 주렁주렁
꿀벌 나는 싱그러운 봄
하얀 꽃향기 파란 하늘 위로 날고
소나무 노란 송홧가루,
솔향기 묻혀 높게 난다

할머니 손에
꼭꼭 늘려 빗어진 꽃무늬 다식
송화, 흑임자, 밤 함께
달콤한 아카시 꿀은
우리네 입맛 향기로 젖어 있다.

꽃향기에 묻어온 봄 내음 따라
봄 처녀 되는 설렘에
아카시 꽃잎 물고
바람에 실려 본다.

아련한 그리움
봄바람에 등실

시심의 갈망

은빛 물결 남실대는 강가 고개 숙인 고목들
이슬 젖은 물가에 앉아 시려오는 마음 달래려
작은 몽돌에 묻고 싶었다.

헤아릴 수 없는 세월
부대끼고 깎인 억겁의 연
둥근 돌 하나 손에 올리고
어머니의 젖가슴 같은 부드러움
나를 매료시키는 순간

작은 청개구리 폴짝 풀숲 헤쳐 몽돌 밟고
초롱초롱 눈빛 나를 바라본다.

발랄하고 앙증스런 모습
높이 넓게 뛸 수 있다는 듯
뒷다리 힘주어 뛴다.

시심의 갈망은 오직 열심 성실이라고
개구리 높이뛰기로 답하고 있다.

정지선

아스팔트 하얀 정지선엔
급제동으로 미끄러진 듯
자동차 바퀴 선명하다.

모른 척
달려 버린 그림자 너머로
놀람과 두려움에 가슴 쓸어내린 자국들

욕심의 질주는 언제나 일어날 수 있는
슬픔이요 악몽이다

대로 아스팔트 위
골목 아스팔트 위
약속, 약속이라고
하얀 선 엄중히 그려 놓았건만
질주만이 목표인 듯
내닫는 저주의 욕심

붉은 경적
그렇게 애원하는 정지선은 당신을 바라본다.

일기장

누렇게 바랜 일기장 파노라마의 그리움
울고 웃던 날들 까만 점 되어 찍혀 있다

명주실 가는 바람 작은 돌부리
스치는 눈빛에 가슴 설레던 모래알 사연
나만의 월광곡

알사탕 같은 달콤함
두 손 살짝 잡아 돌다리 건너고
아픈 몸부림엔 약손 되어 끌어주던 날들

20년, 30년의 세월
표구되어 잠자던 액자
눈앞에 놓인 듯 가슴 뛰는 소리 들린다.

눈물마저 바람 실린
붉은 노을

손에 놓인 약

뜨거운 입김
빠져 나오는 신음

이겨내려 해도 학질이란 고얀 병
내 몸 깊숙이 들앉아

불덩이로 이글이글 떨리고
삭신 쑤신 아픔은 그칠 줄 모르고

피난살이 단칸방
무서운 병마 좀처럼 물러서지 않았다

어서 속히 나아지기 바라며
귀한 배 한 쪽 입에 물리고 뜬 눈으로 밤새우던
그날들, 얼마나 마음 조였을까

내 손에 들려진 약 보며
울컥 눈물이 난다.

열정

이른 아침 둥근 해
동쪽 하늘 붉게 태우며
바다를 솟구쳐
아름답게 하루가 열리면

온 누리엔 노란 햇살 되어
포근히 덮인다.

파릇파릇 새순의 속삭임
노랑, 분홍 꽃 활짝 피워주고
봄 성큼 새소리 들려준다.

고요의 아침
숨죽였던 산과 들
자색 꽃, 철쭉, 영산홍
웃는 정열로 사방 물들이면

태양이 쏟아내는
봄의 정열,
열정의 봄! 봄! 봄! 이다

이별은 쓸쓸하다는 듯
숨죽여 눈물 흘린다.

3

비키는 노을

제비 오는 날

햇살 가득 양지쪽
흐드러진 매화꽃

별 뿌린 앞동산
아지랑이 아롱아롱
파릇이 새싹 돋아났어요.

우수 경칩
대동강물 풀리고,
개구리 폴짝 뛰어 올랐죠

삼월 삼진날
제비 오는 날
강남 갔다 오는 날

개나리 진달래 마주보고 웃지요.
양지바른 전깃줄
제비 노래 들리면

봄맞이, 꽃맞이,

제비 반기러

사뿐, 사뿐 춤추며
손에 손, 잡고
봄 노래 제비 노래 함께 불러요.

긴 겨울밤

기나긴 밤
고요와 적막이 흐르는
오두막집

온밤 소야곡 되어
보랏빛으로 물든다.

반딧불 깜빡이고
마음 공허한데

긴 겨울밤
한없이 작아지는 외로움
달빛도 하얗게 웃고 있다.

변화의 계절

계절 끝자락
잠에서 깨어라 흔드는
기지개 펴는 바람 스산하다

우수 경칩
꽁꽁 얼었던 대동강물 풀리고
개구리 폴짝 물 위로 올라와
봄을 노래하면

양지바른 들엔
파릇파릇 달래 냉이,
아지랑이 피어오르고

입춘 찬바람 불어도
한 아름 봄소식 전하며
예쁜 꽃 피우고 지저귀는 새들과
졸졸 옹달샘 맑은소리 들려주며
성큼 빠른 걸음으로 다가온다

역동

혈관 속 피의 역동
가슴이 뛴다.

실크로드를 달리듯 쉼 없이 달리며
생명을 지켜주는 위대함
쉼 없는 10만km의 질주
힘찬 박동으로 뛰고 있다.

역동의 순간 알 수 없는 지점
불을 뿜는 굉음의 빛으로 깨어지던 날

하늘도 땅도 깨어져 버린 듯
암흑의 허공,

긴 터널 끝엔 빛이 있어
역동의 피 가슴이 뛰고 있다.

봄 오는 소리

잔설 녹인 양지쪽
떡가루 부드러운 흙에
앙증스런 현호색 꽃
파랗게 피고

산허리 걸친 바람
샘 깨워 물소리 노래로 들려주면

기지개 펴던 나뭇가지에
종달새 날아와
지지배배 지저귄다.

입김처럼 따사로운 양지쪽에도
개나리, 진달래 꽃 피우며
아지랑이 아장아장

새싹 손 잡고

밟혀도
울지 않고, 떼쓰지 않고
노랗게 숨죽인 너른 벌

숨어 고개 내민 파란 잎
숨바꼭질하듯
잔디로 이불 덮었다

혹한의 찬바람
하얀 싸락눈, 얼음 쌓여도
눈 마주치면 부끄러운 듯
배시시 고개 돌린다.

햇살 따뜻한 온기엔
앞다투어 고개 들고
파란 새싹 손잡고
키 재기로 방긋

바람꽃

뉘엿뉘엿 해는 서산에 지고
별빛 하나둘 반짝인다.

배꽃 만발한 가로수 가지
실바람에 흔들리고

찬 이슬 어둠 밟고
꽃잎에 내린다.

배나무 가지 사이
눈꽃으로 날리는 하얀 바람꽃

이별 앞에

움츠렸던 나무 흔들어
화사한 꽃으로 활짝 피우고
연분홍, 하얀 잎들
하늘하늘 춤추며
설레게 하는데

스미는 아픔
낙엽 부서지는 소리되어
나를 흔든다.

영원의 헤어짐도 아니건만
먼 이국땅 어린 너의 이별은
입가엔 웃음, 눈물 숨기지만
가슴 울고 있다.

하늘 내려 앉아 봄비 뿌리고
흐드러진 벚꽃
하얀 꽃잎들
이별은 쓸쓸하다는 듯
숨죽여 눈물 흘린다.

비키는 노을

세월 무심타 낙엽 모두 떨군
앙상한 가지

까맣게 타버린 가을 나무들은
상념이 큰가 보다.

계절에 밀리고 혹한 두려워
마음 아파하는데

흩날리던 빗방울 싸락눈 되고
황혼 먼바다에 내리면
못내 달랠 수 없는 아쉬움

가는 가을 되어, 그렇게 힘없이
쓸쓸히 가고 있다.

울어야 했다

만개의 꽃 산과 들 봄 향기 날릴 때면
환한 햇살 받으며 아이들 앞세워
보듬고 쓰다듬던 그는 병실 야윈 몸
고통의 눈동자로 할퀴듯 아픈 소리

수필의 날 행사장 무대 뒤 넓은 호수엔
흐드러진 자목련 화사하게 가슴 깊숙이 안기고
자색 꽃 무성히 물속에 아롱졌다.

감미로운 바리톤
"10월의 어느 멋진 날에" 긴 울림
아련히 가슴 파고드는데
일순 마음 향한 화살 한 촉
둘만의 꽃길 추억 펼쳐 놓으며
차가운 빛으로 두렵게 다가왔다.

비몽사몽 울음 토하듯, 그 떨림
불쌍해서, 미안해서,
아니, 미워서 왈칵 목메이고

글 쓰는 자리 꼭, 응원해주는
그 깊은 뜻, 말들 곱씹으며
흐느껴 울어야 했다.

난쟁이 꽃

호젓한 산등성
밟히고 깎인 모래언덕
비석 없는 묘지 초라하다

난쟁이 보라 꽃 한 송이
엷은 미소를 보낸다.

무심히 밟고 지나는 길손 있어도
외롭다, 아프단 속내 전하지 못하는
해묵은 나무뿌리 하늘을 본다.

모진 비바람 친구 하며
쓸쓸한 산마루 자리 잡은 세월
낯선 발자국 소리
놀라는 일 얼마였던가.

허리 굽은 난쟁이 보라 꽃 안고
때마다 아파하며 견뎌 내며

따사롭고 화사한 햇살 아래 누웠어도

불러 보고픈 이름 있어
볼품없이 헐벗은 난쟁이 꽃 의지하고
초라히 기다려 본다.

다육이

다육 한 잎 주워들고
흙 위에 던져 놓았다.

어느 날 조그마한 꽃눈 하나
보일 듯 말 듯
살짝 웃음 날린다.

굵은 모래 속에
떨어진 한 조각 밑으로
노크한 듯 뿌리 살짝 내렸다.

아가를 잉태하듯 매일
작은 힘 모아
역사로
무거운 흙을 밀어낸 것.

엷은 연두색 점 하나
세상 빛 맞으러 고개 내민
앙증스러운 모습

몸 바친 잉태에
예쁜 잎 하나 순산하고.
엄마 잎 되어 대견한 듯 바라본다.

항상 내 모습 닮아라.
모습 그대로 잘 자라거라.

그게 세상 진리라고.

삼순이

해 맑은 봄날
거울 속 둥근 얼굴

긴 머리 얼게빗 내리고
참빗으로 결 따라 빗고,
또 빗어 내린다.

손가락 사이사이
꼬아 내린 까만 머리 삼순이

치렁치렁 긴 머리 땋으며
가슴엔 봄이 출렁인다.

동저고리 입고 바구니 들고
아이들 앞세워
뒷동산 오르면

달래 냉이 나물 캐는
콧노래, 봄 노래
엉덩이 씰룩 어깨춤 덩실

봄은 한없이 무르익고

보글보글 끓는 된장찌개
향긋한 냉이, 달래 향은
삼순이의 또 다른 계절이다.

자목련 한 그루

봄 오는 소리 소곤소곤
햇살 눈부실 때면 마음도 설렌다.

너른 호숫가 개나리 진달래 보듬고
흐드러지게 꽃 피우는
등받이 의자에 걸터앉아
하늘 바라보며 무수히 웃음 짓는
화사한 자목련

30여 년 전
기념식수로 두 그루 장만하고
아파트 앞뜰 한 그루
서울 대공원 나지막한 동산, 호숫가에 한 그루

아파트 꽃밭 아름답던 자목련은
재개발이란 이름으로 사라지고

봄나들이 때마다 활짝 웃어 반기는 자목련
아름드리 울창한 모습으로 키를 키우고
달아놓았던 이름표 없어졌지만

알고 있다는 듯 반기며
오가는 사람들 굽어 시원한 그늘,
쉼터 만들어주고 다정히 반겨준다.

나무 그늘에 앉아 옛날과 오늘
커가는 나무의 교훈을 생각하면
환희로 감사가 벅찬다.

큰 우산

얘들아
오늘 밤은 병아리를 품고
포근히 잠을 잤단다.
쌔근쌔근 천사의 호흡으로
다가온 너희들
맑은 눈동자에 가슴 설레었지

자장가로 잠드는
아가들의 숨소리
천상의 행복, 사랑, 기쁨이었고

무럭무럭 자라 튼실하고 아름다운
봄의 꽃으로 피는 너희들
맑고 깨끗하고 아름다운 향기구나

봄날 환한 얼굴로 다가와
쇠하고 약해가는 나를 보며
잡아주고 씌워 주는 우뚝 자란
나의 큰 우산, 손자녀들!

너희들은 병아리로, 꽃으로
크게 자라는 희망이요 꿈이란다.

시와 동반

바람 불어 왔습니다.
훈풍으로 머리카락 날리듯
가슴과 가슴이 전하는
인자하고 포근한 온기
무언으로 다가왔습니다.

두근거림이 되고
추억이 되고
때론 아픔이 되고
나를 깨우는 종소리였습니다.

어둠의 길잡이
깨닫는 뉘우침
곱씹으며 차근차근
앞길 열어가는
시는 나의 동반입니다.

옇
_{絵韻}

어디에 계신가요,
달빛 저리도 찬데,

4

웃어 반김은

웃어 반김은

창문 하나 없는 작은 미용실
출입문에 다다르면 파란 잎들이 반기고
문 열고 들어서면 크고 작은 분의 꽃들
주인과 함께 웃어 반긴다.

먼 곳 마다않고 찾는 할머니들,
세월 읊고 자식 자랑,
한탄, 이런저런 속내 풀어 놓으면
주거니 받거니 몇 시간 훌쩍
지루할 틈이 없다

배꼽시계에 맞추어 밥과 김치만으로
손님 시장기 먼저 챙기는 미용사,
자신은 점심 거르기 다반사다

할머니들도
한 줄 김밥이라며 손에 들린 정

사랑의 물줄기 되어
꽃과 함께 웃는다.

웃고 우는

하늘 보며 간절한 마음
비를 기다린다.

거북 등
저수지 바닥 쩍쩍 갈라졌다
검게 타는 농부의 마음
우리네 마음

하늘 열리던 날
탄천물 소용돌이치고
웃는 농부 저편엔

물 폭탄이란 소식
망연자실 하늘 올려다본다
노한 하늘
번쩍 우당탕 우지끈

웃고 우는 기로
아프고 쓰리다

엄마!

사랑 한 조각 목말라
나무 그늘에 앉아
마음 쓰다듬어 위로해 줄
엄마 품 그린다.
눈물짓는다.

예쁜 색동 치마저고리
한 땀 한 땀 수놓던
엄마 모습 아련한데

꽃다운 시절 하늘나라 가신 엄마는
얼마나 많은 눈물 흘리셨을까
예쁜 모습
야무졌던 그 모습 그리워
파란 하늘 올려다보며
아픈 마음 위로받고파
큰 소리로 불러 본다.

엄마~~!
대답 없는 메아리
가슴에 묻힌다.

바다이고 싶다

고요한 바다이고 싶다
푸르고 깊은

철석이며 부딪쳐 아파하고
풍랑에 깨어지는 물보라여도

모든 허물 헹구어 흘려버린
깨끗하고 고요한 바다

그리고
모두를 아우르며 품는
한없이 넓고 파란 바다

먹구름 물러간 하늘 품어 안듯
석양빛 붉고 아름답게 채색된
따뜻한 바다이고 싶다

포근히 안길 수 있는
엄마의 바다, 이고 싶다

여름

이글대는 햇살 속에서도
나무그늘 산들바람
시원한 향기로 다가와
사뿐히 몸 감싸 어루만져 준다.

싱싱하고 파란 나뭇잎 하늘거리고
잎사귀 사이사이로
윙크하듯 뜨거운 열의 빛
하루 정점을 향해 오르내리고
땅속 향해 빛의 화살 날릴 때면
햇살 부서지는 푸른 바닷가
철석 물보라 일으킨다.

챙 모자 눌러쓴 여인의
바람 안은 그림자 무언의 날갯짓도
햇살 머금은 조개껍질의 아픔처럼
하얗게 쓸리는 사금파리 되어 주춤거린다.

바닷물 실린 은빛 물결
말없이 어둠 속으로 헤엄쳐 갈 때

서편 황홀한 구름 떠가고
반짝이는 별 물 위에

길고 긴 여름밤
바람에 실린다

어디에 계신가요

어둠 뚫고 들려오던
그대의 음성
사무치도록
다시 듣고 싶습니다.

어디에 계신가요.
달빛 저리도 찬데,

바람 싸늘할 때
그대 외투 살며시
좁은 어깨 위에 올리며
포근히 감싸 안던 그 눈빛
어둠 속 향기로
달빛도 살며시
얼굴 돌려주던 그 황홀함

난파선 망망대해에 선 듯
모진 비바람에 갈 곳 잃은 듯
휘청이며 외쳐봅니다

어디에 계신가요.
따뜻한 햇살 아직 멀어
소리 없이 다가온
그대 손 잡고
이대로 조용히
잠들고 싶은 밤

용암

울부짖던 시간들
슬픔, 악몽
철조망 된 수십 년

일상처럼 까만 밤,
하얀 밤 엎고
불러보는 이름들은
닫혀 버린 입술에 매달려
허공 속에 희롱당할 뿐
흐르는 두 줄기 눈물
뜨겁고 허하다.

육십여 년의 타향
쉼 없이 가는데
철없던 십 년 가슴 깊이 남아
광채로 뇌리에 산다.

꺼질 줄 모르는 활화산
아픔으로 불타고
모래알 밟는 기다림은
용암이 된다.

밥상 위

관솔로 불 지펴
보글보글 된장찌개

봄 내음 달래 냉이
조물조물 된장 무침

눈 녹은 맑은 물에
모락모락 하얀 쌀밥

옹기종기 도란도란
웃음 활짝 함박꽃

함께했던 친구

삼밭 외진 그늘
자는 아기 뉘어 놓고
빨래터 누나 몰래
숨바꼭질 뛰어놀 때
아기 울음소리 듣고
달려와 소리치던 친구

새벽잠 흔들어 깨워
밤나무 오르게 하고,
평생 흉터로 남은 얼굴 상처는
원망과 그리움이다

세월 속에
잊히는 기억 잡고
밤마다 몸부림친다.

고사리손 조약돌 나누던 친구
길 떠났단 소식엔
곧 만날 약속이란 듯

허한 하늘
올려다볼 뿐

완주의 쾌거

땀에 흠뻑 젖은 몸
산 정상에 오르면
탁 트인 대지 드넓게 다가오고
시원히 불어오는 바람
마음속까지 서늘하다.

한라산 영실 눈길엔
아이젠 힘껏 찍으며 오르고,
하산 길 노루목
나무뿌리에 걸려 넘어져도
분화구 보았다는 뿌듯함,

지리산 치악산 덕유산 등
많은 산들 완주의 쾌거는
희열 그 이상의 큰 기쁨이었다.

설악산 소청봉 쪽방의 칼잠,
시린 콧바람 타고 떨어지던 낙수도
젊음 불사르던 날들의
힘찬 등정이 안겨준 선물이었다.

황혼빛을 안고
바닷물에 비추인 산,
등줄기 흐르던 땀인 듯
그리움에 흠뻑 젖었다.

양보의 미덕

버스 자가용들의 행렬
가고 서다를 반복하는 터널 안
백미러엔 빨간빛 번쩍번쩍
사이렌 소리 요란하다

이른 아침 시간 트럭과 청소차까지
꽉 막힌 차들 사이를 비집는
앰뷸런스의 다급한 불빛
갓길조차 비워지지 않아
한참 만에야 빠져나간다

잽싸게 그 뒤를 따르는
양심 부재의 차들 보인다.

생사를 초에 맡긴 다급한
환자를 떠올리며
숨 막히는 조바심
가슴 조일 때쯤

긴 터널 안을 꽉 채우던 불빛

멀리 빠르게 사라지고
양보하던 차들 안도하듯
서서히 움직여 간다.

가슴 쓸어내린다.

소나기

이글이글 여름 햇살 친구 하며
향긋한 꽃향기 날리고
쏟아져 내릴 듯 현호의 물결
해묵어 묵직한 등나무 줄기
믿음직한 남정네의 근육으로
얽히고설켜 넓은 이엉 된 그늘
시원한 바람 만든다.

연보라 탐스러운 포도송이로 주렁주렁
숱한 꽃 속, 벌과 나비 뭇 벌레들
꿀 따는 역사로 붕붕 날갯짓은
들고 나는 그들만의 언어요
작은 꽃 속 꿀, 꽃가루 빨아내는 긴 대롱
이곳저곳 날아 옮겨 입맞춤도
애틋한 사랑 나눔인데

꽃향기 속에 그늘 안고
불어오는 바람, 부채에 덧실어
창상에 팔베개로 누우면
멀리 구름에 실린 그리움 한 조각

여름날 오후
가슴에 울컥 소나기로 왔다가
사르르 눈 감기고 사라져간다.

가슴에 핀

봄의 향기로 다가와
가슴에 은은히 풍기는
장미 두 송이
아침마다 탁자 위,
고운 자세로 사방을 둘러본다.

언젠가 엄마 아빠 가슴에
감사와 사랑 듬뿍
따뜻한 손길로 달아준

50년을 한 옹기 속에서 곰삭으며
깊은 맛 만들고 삭히고
드디어 피어난 장미 두 송이

사랑 한데 어우러진
예쁘고 싱싱한
활짝 붉은 꽃송이

마른 꽃 되어
더 밝은 새날

깊은 사랑 나누는
내일의 약속이라며
환하게 웃고 있다

설원

아침이면
맑은 햇살 사뿐히 내려앉고
나지막한 산등성에
작은 외딴집

파란 잔디 위에 하얀 눈 내려
온통 눈의 나라

눈에 덮여 보이지 않는
설원, 하얀 동산에
나 살고 싶다.

아무도 오지 않아도
아무도 찾아주지 않아도

새소리
바람 소리
창문 두드림
그리움 안겨주는

아름다운 하얀 동산에
나, 살고 싶다.

하얀 눈송이

하얀 눈송이
소록소록, 소복소복
꽃잎 되어 내린다.

눈 감으면 다가오는 고향
너른 장독대 위
하얀 모자 둥글게, 둥글게
빨랫줄 기어가는 묘기의 하얀 눈꽃

까르르 좋아라,
썰매, 자치기
고드름 긴 막대
호호 손끝 찌릿하다

이불 속 몸 녹인 곤한 꿈
눈밭에 시원히 물 뿌리고
영락없이 키 머리에 쓰던 날
소금 빌어 오던 날
실소失笑를 흘린다.

울고 있다

전율로 귀 기울인다

기대고 싶어 하는 마음
아파하는 마음

눈빛으로 깊이를 알아 측은지심 내려 보던
엄마의 촉 선 얼굴 부드러운 떨림의 목소리
마음속을 어루만지는 따스한 손의 온기

위로의 말 없어도 바라보는 눈빛 울컥
가슴 풀어놓고 안기고 싶은 어머니 품속인데

외쳐 불러도
듣고 싶은 대답 간데없고

메아리 되는 내 소리
가슴 에인다.

아늑히 태양빛을 안은 평화의 섬
가슴에 다가와

5

빅토리아섬

오월 단오

달님은
어머님 얼굴

장단 맞춘 다듬이 소리
야무진 손끝 밤새워
갑사 저고리에 섶 달고
고름 달아
곱디, 곱던 치마저고리

창포에 감고, 머리 땋고
널뛰기로 하늘 오르던

봄이면 아지랑이 피고
꿀 찾아 나비 나는 고향 집 앞마당엔
목단 꽃, 나리꽃, 나팔꽃도 만발했지.

오월이 가기 전
예쁜 꽃 한 다발 들고
울 엄마 봉분 찾고 싶다.

아픔

혹한에
동공마저 흐려, 멀고

양지바른 담 딛고
부모 손 놓쳤거나
놓아버렸거나

헐벗고 공포에 넋 잃고
울다 지쳐 쓰러지듯 기댄 어느 아이

미군 병사 달려와
구조의 손길, 두 팔로 안는 순간
비 오듯한 안도의 눈물

눈빛만을 던지고
가던 길 재촉은 포성이었다.

지울 수 없는 분단의 아픔

소금강

굽이쳐 내리는 은빛 물
환한 햇살에 부서져 폭포수 되고
천 길 수정 맑은 호수
차고 넘쳐 흘러간다.

바위 그늘
적막을 품에 안고 하늘을 본다.
뭉게구름 솔잎에 호젓이
물소리 하늘 장단인 듯
두렵게 가슴 파고드는 산울림
귓전에 머문다.

깊은 숲 풀벌레 소리
하늘 계신 어머님의 마음 부축하듯
부드러운 손길 되어 가슴에
스며든다.

굽이돌아 계곡에 내린 바람 호수에 잠들고
적막으로 옥죄었던 어둠 밟고

휘영청 밝게 달려온 달님
호수에 맴돌던 잎 새 한 닢 물고
헤엄쳐 든다.

피란 행렬

어느 날 TV 속 피란 행렬
불현듯 떠올랐다.
펄펄 눈 내리던 철길
이고 지고 추위와 싸우며
허둥지둥 내어 달리던 수많은 인파

총탄에 쓰러지고
굶주림과 두려움에 떨며
맨발로, 맨발로 얼어붙은 강물을 밟고
남으로 향하던 한 서린 그 날들이
휘몰아 쏟아져 뇌리를 흔든다.

하늘을 진동하는 폭음 소리
불꽃 하늘 솟으며 울음바다 만들고
아우성 뚫고 애타게 찾으며 울부짖는 소리

귓전을 할퀴는 비행기 포격의 굉음
이곳저곳 쓰러져 죽어가던 신음 소리

처참했던 그날들의 참상, 어떻게 다 열거할까

다시는 이 땅에 벌어져서는 안 될
참혹 그대로의 상처요, 아픔이요, 역사인데
아직도 끝나지 않은 동족상잔의
부끄러운 사실을 우리 모두는
절대 잊어서는 안 되겠지!

한탄강

굵은 나이테처럼 사연 안은 한탄강

빨치산이란 말에
앞뒤 돌아볼 겨를 없이 허겁지겁
건너야 했던 눈물의 한탄강

수십만 년 전 태고의 모습
평강고원 지나 현무암 절벽
맑은 생명의 물줄기

넓은 자연 속
부엉이 두루미 날고
깊고 맑은 물 따라
가물치 참게들의 터전

푸르고 푸른 기름진 대지 위엔
고라니 토끼 다람쥐들
어머니의 따뜻한 품인 양
풀숲 뛰놀다 잠들곤 한다.

휴전선 가로지른 한 서린 강
통일의 그 날, 우리들의 멍든 가슴
깨끗이 씻어줄 맑은 물
눈물의 강!
한탄강은 지금도 말없이 흐른다.

장마당

한강엔 유람선 떠 있고
동대문을 돌아
한약상들 붐비는
약정골목 경동시장,

탕약 내음과 약재들,
봄나물, 과일, 없는 것 없이
왁자지껄 한마당이다.

싱싱하고 흥정이 허락되고
덤도 얹어지는 곳
이곳저곳 모두가 신기하다.

들고
지고
끌고
이기도 한 노인들
등 굽고, 다리 아파도
고향 같은 푸근함에
한 푼이라도 아끼려고 찾는

사랑 듬뿍 담아
어디론 가로 뿔뿔이 흩어지는
가슴 찡한 모습들은

할머니의 그 할머니도
그랬을 것 같아
마음 숙연해진다.

무언으로

상록수 푸르던 날 가고
잎들 갈색이다.

세월로 무늬 된 잎들
50년의 동반
묵묵히 걸어온
무심한 회한回翰의 그림자

바라본 500년의
청빛 항아리 절개 지켜
곧게 뻗은 대나무

무언으로
무언으로
몸소紹 本으로 넘기며
자리 지켜 앉은
조상의 얼이다.

사랑 초

해님 반기는 수줍음
연보라 꽃 여섯 잎

진보라 잎사귀 대롱 위에 달고
두 날개 활짝 나래를 편다.

아가의 예쁜 고사리손 콕
보라 잎에 닿으면
나비 되어 살랑살랑
춤추며 난다

사랑 초 연분홍
해님 따라 소꿉놀이

어느새
날개 접는 서녘
연분홍 꽃 짝사랑
해님 이별 아쉬워
눈물 흘린다.

두 손 모은다

철원 땅 부여안고 앉아 버린 철마
눈물로 녹아내린다

북쪽 레일 밟고픈 통일의 나팔
암스트롱 트럼펫

반백의 세월 피로 녹고
반백의 또 반백
아픈 멜로디 메아리로 애간장 태우는데

쓰리도록 아프게
삭아 내리는 그날의 역사, 증인 철마는
달리고 싶은 갈망 안고 핏빛 붉은 눈물 흘리며
우리들 가슴, 가슴마다 깊게 스민다.

북으로 향하고픈 철마의
긴 기적 소리 들리는 날
우리의 함성 얼마나 클까

긴 여운

전운 감돌아 살벌하던 조치원 성냥 공장 옆
허름한 다락방 귀퉁이 꼭꼭 숨어 지내던 형제
두 손 엮듯 꼭 잡고

아군 품 그리워
피골상접 아사 직전 숨 할딱이며
기다림 애절했던 순간
국군 1사단 수복이란 소식

적군이 쓸고 간 만행 처절한 순간에도
오직 하나 태극기 품속 깊이 숨기고

일 사단 노란 휘장 우리 군 바라보던
넋 잃은 미동의 그 눈빛

어린 가슴에 깊이 새겨진 긴 여운
뇌리에 남아 나를 아프게 한다.

할아버지와 열 살 손자

일어난다.
일어난다.
벌떡 일어난다.

꿈틀대는 손자 녀석
이리 데구루루 저리 데구루루
할아버지는 웃음 섞인 가락을
손자 귀에 들려준다.

시끄러워요!
아이 시끄러워.

귀를 막는 손자 녀석과 할아버지
일요일 아침마다 벌이는 실랑이다.

느림보 꼬마 곰.
이리 구르고 저리 구르고
심심한 할아버지 곰도
상대는 항상 요놈.

이불 스르르 할아버지 손에 끌려간다.
꼬부린 열 살 녀석
빠끔히 할아버지를 훔쳐본다.

커다란 거위털 이불.
둘둘 말려 뭉치로.
할아버지는 이불 위로
몸을 올리고 이곳저곳 바람을 뺀다.

소리를 내며 작아지는 이불
곁눈질하던 손자.
손쉽게 얼른 들어 옮긴다.

80살 할아버지의 느린 지혜가
10살 꼬마에게로 자연스레 옮겨진다.

고향이 펼쳐지고

눈 감으면 아련한 그리움
맑은 물 출렁이고 물결 따라
유유히 길게 뗏목 떠가며,
뱃사공의 노랫가락 함께 흘러가고

한없이 평화로워 가슴 설레게 하던
파란 물결 출렁이고
물결은 아침 햇살에 오색 빛 반짝인다

조약돌 나를 반기며
더듬는 손끝 간질이고
모래알 내 발등 오르며
꼭꼭 웃고 있었지

넓고 파란 하늘에
새들의 무예가 펼쳐지면
나는 철없는 망아지 되어
백사장 긴 모래밭에
엄마 얼굴 그려놓고

강가 빨래하는 아낙들의
빨래 소리 맞추어 목청 높여 노래하고
물살 나르며 뛰어놀았지

눈 감으면 환히 보이는 고향

가시오소서

모현면 천주교 묘역
파란 잔디 이불 삼고
하얀 이슬로 매무새 고쳐
가족들 발자국 소리 귀 세우고 계셨을
아버지!

엄숙히 무릎 꿇고 술 따르고 절하고
도란도란 이야기 나누면
푸른 하늘 환한 해님처럼
웃음 띤 모습

부슬부슬 비 내리면
남겨진 후손 걱정
아파하는 눈물 아닐까 마음 아리지만
내리는 빗물 강물 따라
강원 팔봉산에 사위지 마시고
고향 땅 맑은 물 넘실대는
대동강가로 가시오서소.

결혼 50년

벌써 금혼이라네요.
가슴 설레고 수줍던 시절
언제이었는지 알 수 없고
알콩달콩 아이들 커가는 모습에 파묻혀
세월 잊고 살았는데

아옹다옹 싸웠던 생각,
이곳저곳 아이들과 여행하며 행복했던,
청춘, 가족 위해 불사르던 열정,
주마등처럼 번쩍이는데

어느새 녹슨 몸 되어
추억의 눈시울 적시고
두 손 꼭 잡은 50년

온 가족 둘러앉아 와자지껄
손자녀 재롱 잔치엔
환한 미소 달콤한
솜사탕 같은 사랑, 손길 되어질 때

바라보는 가슴은 공허해지네요.

빅토리아섬

빅토리아섬으로 가기 위해
캐나다 접경, 줄지어 선 많은 차들

하얀 피부의 노신사와
인사를 나누며 손을 높이 들었다.
해는 중천, 바닷물에 남실대는 햇살
우리를 반기듯 유난히 반짝였다

망망대해를 지나
아름다운 작은 섬들을 보며
풍성한 나무로 둘러 쌓여있는
아기자기한 꿈의 낙원,
아늑히 태양빛을 안은 평화의 섬
가슴에 다가와

우리를 반기는 섬
빅토리아는 석양빛 곱게 물들어
다듬고 가꾸어진 푸르른 나무들과
단풍잎 빨간 정열로 둘러싸여 있었다.

밝은 태양 조용하고 평화롭고
따사로운, 정성 가득 빼곡한 나무들
벽을 타고 오르는 단풍의 채색까지
우리를 반기고 맞아주었다.

템플병원

생살 가르고 내 몸 일부 떼어 내는 것보다
더 아플 수 있을까

하얀 보자기에 덮여 수술실로 들어가던
그 눈빛 참으로 애절하고
눈가로 주르르 흐르던 눈물은
핏물보다 더 진해 가슴을 에이게 했다.

하늘 날아 먼 땅 미국 필라델피아
템플병원까지 달려가, 콩팥 하나를 떼어
형님에게 드리기 위해 내 몸 추스려야 했던
숨 막히는 온갖 정성

싱싱했던 모습 간데없고 초췌한, 사경으로의
허옇게 떠 있는 형님을 다시 새 사람으로 만들고
옛 얼굴 다시 찾도록 하는, 그 숱한 역경들

희, 비가 엇갈리는 두 병실,
형님은
5년이란 시간 선물로 웃으며 눈 감으시고

아픔을 가슴으로, 가슴으로 삭이며
함께하려던 아쉬움 남아
몸의 상처 부여안고 눈물 삼키는 세월,

20여 년의 긴 여운은
석양의 긴 그림자 밟으며 병상을 오가고 있다.

하얀 들꽃의
순수를 닮아

지언희 ┃ 시인, 수필가

지난 삶 속에 살아 숨 쉬는 추억의 자락 하나는 좋은
글을 만들 수 있는 가슴 울리는 자산이 아닌가 싶다. 기억 속 의미
들이 가지를 뻗어 이야기를 만들고 그 이야기 속에서 구체적 아름
다움을 발견하게 될 때 시문학은 언어의 등에 업힌 의미의 길 어떤
한 갈래를 짚어낼 수 있을 것이라 믿는다. 아름다움은 대상을 바라
보는 어여쁨의 가치일 수 있지만 때로는 슬픔의 아름다움과 고통의
아름다움도 작가의 견해나 표현 방법에 따라 능히 구현될 수 있다.
특히 시문학에 있어 미적 가치는 사람에 따라 다를 수 있어 시인의
안목을 신뢰하게 된다. 영국의 낭만파 시인 셸리^{Shelley}는 이렇게 말했
다. '시는 만물을 사랑스럽게 변용시킨다. 시는 가장 아름다운 것의
아름다움을 드높이고, 가장 추한 것에다 아름다움을 더해준다. 시는
세상만사의 낯익음의 베일을 벗어 버리고, 미의 형상들의 정수인
알몸으로 잠자는 미를 드러내 준다'고 했다. 슬픔의 아름다움과 고
통의 아름다움 또한, 가장 슬픈 것에 아름다움(시어_{詩語}=치유의 아

름다움)을 더하는 일과 다르지 않다.

　강신덕 시인의 첫 시집『여운』은 때 묻지 않은 순수의 빛으로 흐르는 시냇물처럼 맑고 깨끗하다. 지나친 수식이 없어 편안하고 부담스럽지 않다. '시는 가장 행복하고 가장 선한 마음의, 가장 선하고 가장 행복한 순간의 기록이다'라고 셸리는 말했다. 비교적 지난 삶의 희로애락을 만나게 되는 한 권 분량(총 80편)의 이 시집은 하얀 들꽃의 순수를 닮아 꽃잎처럼 엷은 꽃향기가 난다. 2017년 계간『문파』신인상을 받고 시인의 길을 걷고 있는 강 시인은 오랜 습작 기간에 써 모아둔 시들을 한데 묶어 시문학의 소중한 새 생명 탄생의 기쁨을 독자와 더불어 나누려 한다. 한 편 한 편의 시는 독자적인 생명으로 세상에 존재하게 되며, 스스로의 질감으로 읽는 이의 감성에 따라 자유로운 향기를 피워낼 수 있다. 작품과 이를 감상하는 독자와의 긴밀한 시문학 가치 창조의 소통이다.

　서리 내린 풀밭 엉성한데

　소나무 껍질 되어 흘러내리는데

　'소리 단절'이라며 윙, 윙 울리는데

　크윽, 큭
　어디랄 곳 없이 시리고 아픈데

　노을 먼 듯 가깝게
　지평선이 손짓하는데

한 줌 흙,
흙으로 돌아갈 숨 가쁜 시간들
말없이 가고 있는데

활짝 웃고 싶은데
– 시 「숨 가쁜 시간들」 전문

유리컵 맑은 물속
사랑 한 조각

연두 두어 잎 너른 바다로 던져지듯
포물선 그어 내려앉는다.

환한 햇살 다가와 아침을 노래하면
엄마의 품인 양 포근히 안겨

미세의 진동 하루를 깨우고
추스르는 맑은 빛의 율동 살며시 고개 든다.

사철 여린 잎들 기다림인 듯 촉 세운
병아리 부리 새순 앳된 미소 하나
– 시 「유리컵 작은 잎」 전문

현대인의 삶은 바쁘다. 숨 가쁘게 바쁜 일상 속에서 언제 하루가
가고 한 달이 지나고 일 년이 어떻게 흘렀는지 지각하기도 어려워
한다. 시 「숨 가쁜 시간들」은 한순간에 지나가 버린 삶의 뒤안길에

서 서리 내린 풀밭처럼 엉성한(고장 난 육신) 자신을 확인하고 있다. 살갗은 소나무 껍질처럼 각질로 흘러내리고 청각조차 고장이나 윙 윙 울리는 난청 속에서 유한한 시간의 숨 가쁜 수레바퀴에 매달려있다. 종래에는 '크윽, 큭/어디랄 곳 없이 시리고 아픈데' 라고 하는 처절한 비탄으로 지평선은 노을 먼 듯 가깝게 어서 오라는 손짓을 하게 된다. 이처럼 시 「숨 가쁜 시간들」의 메시지는 지나온 시간의 회의라기보다는 다가올 시간으로 유추되는 숨 가쁨의 의도가 크다. '한 줌 흙/흙으로 돌아갈 숨 가쁜 시간들/말없이 가고 있는데'로 잇는 참담한 현실의 아픔이다. 더구나 '크윽, 큭' 절규와도 같은 청각적 슬픔의 이미지는 가슴 밑바닥에서 끌어올려 내뱉는 낡은 고목의 비명과도 같다. 또한 종말로 다가서는 피할 수 없는 행로의 확신 앞에서, 활짝 웃고 싶다는 마지막 연의 역설과도 같은 처연한 모습은 유한의 삶이 부르는 슬픔으로 다가선다.

'유리컵 맑은 물속/사랑 한 조각' 맑은 유리컵에 비친 '사랑 한 조각'이라는 관념어로 시작하는 시 「유리컵 작은 잎」의 그림이 선명하다. 유리컵 물속에서 뿌리를 내려 생명을 지탱하고 있는 수생식물의 성장 과정을 그리고 있는 이 시는 생명을 지탱하여 키를 키우는 잎새의 경이로운 키돋움이며 삶의 바다에 덩그러니 놓인 한 조각의 숲을 짚어내고 있다. 처음 연두 두어 잎 너른 바다로 던져지듯 포물선 그어 내려앉아서 생존의 기틀을 마련하기 시작한다. 그리고 시간의 흐름 속에서 미세한 진동으로 시작하여 빛의 율동으로 고개를 드는 이 어여쁨은 촉 세운 병아리 부리 새순을 내어놓게 되는 온전한 자립이다. 너른 바다에 떠 있는 돛단배처럼 홀로 노를 저어야만 살아낼 수 있는 고단함 속에서 마침내 엄마의 품인 양 환한 햇살 비추이는 아침 앳된 미소 하나 피워내고 있다.

용광로의 불꽃
활활 타오르던 청춘

스러져 가는 한 가닥 불씨만을
가슴에 묻고 묻으며

앙상히 말라 버린 가지 끝에
마지막 잎사귀로
떨고 있다

하얀 밤 신음 소리 위로
한 줄기 달빛
살며시 위로의 손길 되어
어루만질 뿐

노닐던 바람마저
가버린
엷은 그림자
　　　　　　 －시「마지막 잎사귀」전문

아가의 얼굴 어질고 까만 눈동자
깊은 호수되고 잔잔한 물결 된다.

맑은 생각 담아 곱게 삭히고
다시 곰삭힌 별 중 별 되어
반짝반짝 빛난다.

너른 우주 속에서
세상 향한 큰 빛 영원을 노래하는
깊고 오묘한 빛으로 분출되는

그것은

언제나 너의 광원

빛나는 별이다

　　　　　　　　－ 시 「빛나는 별이다」 전문

　생명은 탄생이라는 경이로운 가치로, 바닷물 깊이로, 저 비옥한
땅속 깊이에서 비상의 날갯짓으로 날아오르지만 종래는 그 가뭇한
한계를 접지 않을 수 없는 소멸이라는 그림자를 드리우게 된다. 시
「마지막 잎사귀」는 앙상히 말라 버린 가지 끝에서 마지막 잎으로
떨고 있는 한 인물의 피할 수 없는 아픔을 말하고 있다. 낙하를 예비
한 마지막 잎새의 고독한 뒤척임이 극명하게 클로즈업 된 이 시는
나뭇가지와 잎의 이별 예식이다. '하얀 밤 신음 소리 위로/한 줄기
달빛/살며시 위로의 손길 되어/어루만질 뿐' 생의 끝에 머물고 있는
가엾은 이의 신음을 위로의 손길로 지키는 달빛의 측은지심이 묻어
난다.

　존재의 소멸이 있다면 존재의 생성 과정이 지구촌 생명들의 순리
이며 생명 가치의 소중함을 피력하는 일이 삶이다. 수많은 수목들
이 피어나고 지는 일처럼 시 「빛나는 별이다」는 이제 막 태어난 아
가의 별빛 반짝이는 생명의 노래(삶)를 들려준다. 오묘한 빛으로 반
짝이는 아가의 눈동자는 깊은 호수가 되고 때로는 잔잔한 물결로
일렁이고 있다. 위의 시에서 마른 가지에 아스라이 매어 달린 마지
막 잎새가 있다면, 이 시에서는 이제 막 싱싱하게 물이 오른 나뭇가
지에 파릇하게 돋아난 연록의 잎새가 햇살 아래 반짝이고 있다. '너
른 우주 속에서/세상 향한 큰 빛 영원을 노래하는/깊고 오묘한 빛
으로 분출하는/그것은/언제나 너의 광원/빛나는 별이다.

기나긴 밤
고요와 적막이 흐르는
오두막집

온밤 소야곡 되어
보랏빛으로 물든다.

반딧불 깜빡이고
마음 공허한데

긴 겨울밤
한없이 작아지는 외로움
달빛도 하얗게 웃고 있다.
　　　　　　　　　　－ 시 「긴 겨울밤」 전문

뉘엿뉘엿 해는 서산에 지고
별빛 하나둘 반짝인다.

배꽃 만발한 가로수 가지
실바람에 흔들리고

찬 이슬 어둠 밟고
꽃잎에 내린다.

배나무 가지 사이
눈꽃으로 날리는 하얀 바람꽃
　　　　　　　　　　－ 시 「바람꽃」 전문

인간은 근원적으로 외로움의 존재라고 말한다. 우주 공간 텅 비어진 대기 속에 단독자로 홀로 떠 있지 않을 수 없는 객체로서의 모두는 치유되지 않는 고독을 가슴 깊이 뿌리내리고 있다. 제 아무리 남편과 아내, 자식과 형제들, 이웃과 친지들 곁에 있어도 떼어버리지 못하는 분리된 고독이다. 시 「긴 겨울밤」은 고요와 적막이 흐르는 오두막집에 홀로 밝히는 등잔불빛이다. 온밤은 보랏빛으로 물들고 반딧불마저 깜박이는 시선으로 집중된다. 외로움의 뿌리가 가슴 밑까지 파고드는 천형의 족쇄가 겨울밤으로 크로스오버 되는 과정이다. '긴 겨울밤/한없이 작아지는 외로움/달빛도 하얗게 웃고 있다.'로 관통하여 공허를 낳는 겨울밤의 고적함을 새기고 있다. 달빛마저 하얀 순백의 무채색으로 웃고 있는 것이다.

하루 중 가장 멜랑콜리하게 사람의 감성을 흔드는 시간이 해질 무렵이 아닌가 싶다. 뉘엿뉘엿 해는 서산에 기울고 별빛 하나둘 반짝이기 시작할 때면 무심히 스쳐 지나던 배꽃 만발한 가로수 나무도 시크하게 시야에 접근된다. '배나무 가지 사이/ 눈꽃으로 날리는 하얀 바람꽃'은 시인의 감성이 극도로 상승된 언어의 조탁으로 그 의미를 확대시킬 수 있다. 하얀 배꽃이 눈꽃으로 전이되고 눈꽃은 바람꽃으로 일어서 큰 회오리를 만날 것 같은 예감이다. 바람꽃은 뿌연 안개처럼 휘날리는 배꽃 무리의 화신이다. 우울의 징조를 안고 맴도는 가슴의 반란이다. 집중되고 분산되어 구름 사이를 나는 거대한 바람이다.

고요한 바다이고 싶다
푸르고 깊은

철석이며 부딪쳐 아파하고
풍랑에 깨어지는 물보라여도

모든 허물 헹구어 흘려버린
깨끗하고 고요한 바다

그리고
모두를 아우르며 품는
한없이 넓고 파란 바다

먹구름 물러간 하늘 품어 안듯
석양빛 붉고 아름답게 채색된
따뜻한 바다이고 싶다

포근히 안길 수 있는
엄마의 바다, 이고 싶다
     –시「바다이고 싶다」 전문

전율로 귀 기울인다

기대고 싶어 하는 마음
아파하는 마음

눈빛으로 깊이를 알아 측은지심 내려 보던
엄마의 촉 선 얼굴 부드러운 떨림의 목소리
마음속을 어루만지는 따스한 손의 온기

위로의 말 없어도 바라보는 눈빛 울컥

가슴 풀어놓고 안기고 싶은 어머니 품속인데

외쳐 불러도
듣고 싶은 대답 간데없고

메아리 되는 내 소리
가슴 에인다.

　　　　　　　　　　　－ 시 「울고 있다」 전문

　강신덕 시인의 첫 시집 『여운』은 비교적 우울한 정서가 전반적 색채로 물들어 있다. 무엇이 되고 싶은 바람이 수면 밑의 세밀한 지류로 흐르고 있는 가을빛 울음으로 내재된 시집의 배경은 남편의 병고 탓이라고 본다. 긴 입원 끝에 귀가하여 큰 미동 없이 자리를 보존하고 있는 동반자의 병환은 어쩌면 시인 스스로의 육신과 정신으로 느끼는 아픔일 것이다. 까닭으로 시인은 '고요한 바다이고 싶다/푸르고 깊은//철석이며 부딪쳐 아파하고/풍랑에 깨어지는 물보라여도//모든 허물 헹구어 흘려버린/깨끗하고 고요한 바다'이기를 기원한다. 철석이며 부딪쳐 아파할 지라도 풍랑에 깨어지는 아픔일지라도 다만 어떤 허물이나 모순까지 헹구어 흘려보내는 고요한 바다의 그 넓고 포근한 '엄마의 바다'이기를 '이고 싶다'는 의지로 표출한다. 이는 화자가 겪고 있는 고단한 삶으로부터의 도피이면서 대상을 위한 모성성의 발현이다. 불안한 현실을 딛고 일어서 넓고 포근한 모성의 가슴이 되어 안위를 누리고 싶은 기원이다.

　시 「울고 있다」를 감상하다 보면 생명의 끝이 보여주는 가없는 아픔을 만나게 된다. 모든 생의 긴장을 앙상하게 잃어버린 슬픔의 뭉치를 구겨진 종말의 언어로 감지하게 한다. 어머니는 엄마는 다 읽

고 있는 것이다. 제아무리 기력이 쇠하였다 하지만 내 자식의 온기
만은 잴 수 있다. '눈빛으로 깊이를 알아 측은지심 내려 보던/엄마
의 촉 선 얼굴 부드러운 떨림의 목소리/마음속을 어루만지는 따스
한 손의 온기' 아무런 말 없이도 눈빛으로 촉감으로 가늠하게 되는
엄마의 청진기는 존재만으로 명료하다. 그러나 외쳐 불러도 듣고
싶은 대답 간데없고 메아리로 돌아오는 내 소리에 가슴이 에일 뿐
이다. 시「울고 있다」는 가을 저녁 나뭇가지에서 떨어져 바스락거리
는 플라타너스 마른 잎의 조락의 공간이며 과정이다.

> 총탄에 쓰러지고
> 굶주림과 두려움에 떨며
> 맨발로, 맨발로 얼어붙은 강물을 밟고
> 남으로 향하던 한 서린 그 날들이
> 휘몰아 쏟아져 뇌리를 흔든다.
>
> 하늘을 진동하는 폭음 소리
> 불꽃 하늘 솟으며 울음바다 만들고
> 아우성 뚫고 애타게 찾으며 울부짖는 소리
>
> 귓전을 할퀴는 비행기 포격의 굉음
> 이곳저곳 쓰러져 죽어가던 신음 소리
>
> 처참했던 그날들의 참상,
>   – 시「피란 행렬」중에서
>
> 철원 땅 부여안고 앉아 버린 철마
> 눈물로 녹아내린다

북쪽 레일 밟고픈 통일의 나팔
암스트롱 트럼펫

반백의 세월 피로 녹고
반백의 또 반백
아픈 멜로디 메아리로 애간장 태우는데

쓰리도록 아프게
삭아 내리는 그날의 역사, 증인 철마는
달리고 싶은 갈망 안고 핏빛 붉은 눈물 흘리며
우리들 가슴, 가슴마다 깊게 스민다.

북으로 향하고픈 철마의
긴 기적 소리 들리는 날
우리의 함성 얼마나 클까

- 시 「두 손 모은다」 전문

강신덕 시문학 속에서 놓칠 수 없는 부분이 있다. 실향민이라는 명패이다. 시인의 고향은 평안남도 평양시 경계리이다. 대동강이 흐르는 아름다운 고향 땅을 등지고 3.8선을 넘어 월남한 피난민이다. 위에 인용한 시 「피란 행렬」과 시 「두 손 모은다」는 목숨을 건 피란 행렬의 처참함과 고향을 등진 실향민의 고뇌를 담고 있다. 펄펄 눈 내리던 철길을 추위와 싸우며 허둥지둥 내어 달리던 수많은 인파들, 시인은 총탄에 쓰러지고 굶주림과 두려움에 떨며 맨발로 얼어붙은 강물을 밟고 남으로 향하던 날들을 회상하고 있다. '하늘을 진동하는 폭음 소리, 가족을 생으로 죽음으로 잃고 찾아 헤매는 울부짖음, 귓전을 할퀴는 비행기 포격의 굉음, 이곳저곳 쓰러져 죽어가던 신음 소리.' 그날들의 참상을 우리 모두에게 고발하고 있다. 동족상잔의 참혹한 역사의 현장, 부끄러운 사실을 잊어서는 안 된다는 메시지이다.

시 「두 손 모은다」는 분단의 비극으로 고향에 가지 못하는 실향민의 안타까움을 철원 땅 녹슨 철마의 눈물로 대신하고 있다. 고향을 지척에 두고도 갈 수 없는 사람들의 아픔을 대변하고 있는 이 시는 실향 1세대인 시인의 가슴으로 그 슬픔을 전하고 있어 보다 깊은 공감을 발현하게 한다. '두 손 모은다'는 이 기원의 메시지는 통일의 염원이다. '철원 땅 부여안고 앉아버린 철마/눈물로 녹아내린다//북쪽 레일 밟고픈 통일의 나팔/암스트롱 트럼펫' 붉은 녹물로 녹아 흐르는 철마의 쇠락을 깨워 통일의 나팔 암스트롱 트럼펫을 불게 하자는 바람이다. '반백의 세월 피로 녹고, 반백의 또 반백' 하루 하루가 달리고 싶은 핏빛 붉은 눈물 흘리는 북으로 가는 철마의 기적 소리가 들리는 날이면 '우리의 함성 얼마나 클까' 노래하는 희망의 꿈 하루 빨리 이루어지기를 기원한다.

강신덕 시인의 첫 시집 출간의 기쁨은 첫 아이를 분만하는 기쁨과 다르지 않을 것이다. 영혼의 분신으로 곁에 두어야 할 이 기쁨의 아이콘은 앞으로 나아갈 새로운 시문학의 시간을 위한 발판이며 나태와 의욕 상실의 상태에서 의지를 깨우는 동력이 되리라 믿는다. 어쩌면 등단이라는 이름을 얻고 실행한 성급한 발걸음이 아닐까 염려할 수도 있겠지만 습작기의 시간이 튼튼하여 좋은 시집을 출간하는 계기가 되었다고 생각한다. 2017년 계간 『문파』 여름호에 신인상 시 부문에 당선되고 시인의 이름을 올리게 된 만큼 최선을 다하는 시인으로 거듭나기를 기대한다.

여름
餘朝

餘韻

여운

강신덕 시집